KB147072

푸른
시인선
023

잃어버린 신발

김종호 시집

ㅍㄹㅅㅇ

잃어버린 신발

아내는 그 숲길에 놓인 작은 다리를 건너 떠났다.

그 숲을 걸으면서 아내와의 긴 이야기를 마무리할 때가
되었다.

숨이 막힐 듯한 고통이 일 년이란 시간이 되었다.

참 긴 시간을, 제6시집을 준비하면서 보낼 수 있었다.

그녀에게 줄 수 있는 나의 전부이다.

그녀는 체경 앞에서 여전히 웃으며 있다.

2021년 6월
김종호

제3부 신발이 없다

제4부 꽃등 하나 걸어둡니다

제5부 작은 다리가 있었지

| 차례 |

제6부 그 자리에 굳건하다

제1부

무적이 운다

예술은 더욱 그리워지려는 것, 그래서
과장된 위장술로 위로 받으려 하지

새들의 날개는 자유롭고
하늘을 건너려는 새들은 노래를 부르지
새들의 노래는 하늘처럼 파랗지

* 시편 137 : 1.

고통에 대하여

화선지에 먹물 번지는
검은 고통은 너의 진실,
가장 선명한 너의 노래이니
무통주사를 맞고 잠이 든 자여
자각 증세 없이 날마다 죽어가는 자여
너를 바라보는 숨 쉴 수 없는
고통으로 어디 별빛도 보이지 않고
죽음의 질곡 사이로 보이는 좁다란 하늘에
당신의 십자가, 가장 큰 고통으로
가장 큰 사랑의 길을 여시는 이여
풀무에 벌겋게 달구어
쇠망치로 치고 또 치는 이여
깊은 어둠 속에서 고통으로
조형하는 이여 고통을 주오
달달한 잠 깊은 곳,
죽은 심장을 독침으로 찔러주오
내 영혼 깨어 손 모아 흘리는
피로, 화선지에 번지는

먹물보다 더 진한

당신의 그림을 완성하게 하여주오.

무적

무적이 운다
오리무중 바다를 깨우며
길을 찾고 있다

사통팔달 훤한 바다에
배들은 길을 버리고
어디로 가나

이천 년이 지나도록
첨탑 끝에서 피를 흘리시는
그때 그 무적
지금도 울고 있다

'내가 길이요, 진리요, 생명이니'

오리무중 길 잃은 바다에
듣는 자도 없이

들을 자를 위하여
무적이 운다

이대로

이대로
감사하게 하소서
혼돈의 먹구름 뒤에서
별빛 빛나시는 이여
함바처럼 허술하고 슬퍼도
오늘은 허락하신
나의 온전한 하루
가슴이 넘치게 하옵소서

이대로
사랑하게 하소서
무성한 그늘 흔들리는 틈새로
가늘게 떨리는 풀잎에도
하루치의 햇살을 내리시는 이여
보일 것 없이 가난한 가슴에
당신의 눈물을 채우시고
낮은 데로 흐르게 하소서

이대로

기도하게 하소서

상한 갈대도 꺾지 않으시고

낱낱의 이름을 부르시는 이여

사막에서 기도의 문을 여시고

오늘은 은총의 하루

밤이 오기 전에 노를 저어

난바다를 건너가게 하여주오

나를 부르는 소리

문득 부르는 소리
누구실까?

가을 햇살 카랑카랑한 한낮
잘 익은 볼레*가 지천
졸졸 땀을 흘리며 정신이 없었다
"누구야!"
돌아보니 아무도 없고
외딴 잡목 숲속, 여기가 어딜까
캄캄한 무덤 속,
목에서 꺽−꺽− 소리가 났다
허겁지겁 높은 데로 올라가 둘러보니, 멀리
조개껍질 같은 마을과 바다가 보였다
가을 햇살 카랑카랑하고
파도가 갈매기처럼 일렁이고 있었다

그 후, 팔십 노인이 된 지금도
내가 나에게 길을 잃을 때

아무 때 어디서나

"누구야!"

소스라쳐 돌아보면 아무도 없고

익숙한 듯 생소한

나를 깨우는 그 목소리

누구실까?

* 볼레 : 보리수. 잎이 은회색인 관목의 팥알 크기의 분홍 열매의 토
  속어. 가을에 자잘한 열매가 잎 사이에 많이 달리고 달콤하다.

선택

　나의 선택은 심심한 날이 가듯 헐하였다

　가령, 어머니와 누나와 형들은 밭에 가고, 어린 나는 혼
자 심심해서 먼왓*으로 탈* 따 먹으러 갈까, 가시름*에 가
서 보말을 잡을까, 라든지, 어른이 되어서는 머리는 장발
로 기를까, 짧게 자를까, 점심은 자장면으로 할까, 짬뽕으
로 할까 등등 뭐 그런 식이었다

　나의 선택은 미루고 미루다가 닥쳐서야 후회를 하였다

　가령, 교회에서 노래 잘하던 그 소녀, 포켓에 편지가 너
덜너덜해지던 어느 날 훌쩍 떠나버렸고, 부산 3육군병원
에 있을 때 면회 오던 마산 아가씨, 끝내 말 못 하고 제대
하고 말았다, 등등 아무튼 그런 식이었다.

　나의 선택은 그의 선택이었다

　어느 산곡에 뚝뚝 듣는 빗방울인들 심심해서 내릴까

　눈물보다 가늘게 내려 그 계곡과 숲과 들판, 보이지 않
는 길을

　강물로 흐르다가 바다에 다다라 푸르게 출렁이는 한없
음을 보라

새벽에 눈을 뜨면 문득 오늘도 그의 날

고요히 기도의 문을 여시고 내게로 오시는 이 있다

어디서나 여린 풀잎 흔들림으로 말씀하시는 이

비 오는 날엔 비에 젖어 스미라 하고

맑은 날엔 숲의 나무들처럼 춤을 추라 하신다

나의 선택은 다만 그의 선택

이 하나로 먼 길 걸어왔느니

새벽 숲의 내밀한 묵시로 길을 보이시고

하늘의 별들의 반짝임이 가슴에서 반짝이느니

집으로 가는 하늘에 천만 송이 장미꽃이 피어난다

* 먼왓 : 먼 밭의 사투리
* 탈 : 산딸기 사투리
* 가시름 : 제주 애월 바닷가의 명칭

바람의 길

붉은 사막에 달이 오르면
사막전갈은 깨어나 꼬리를 세우고
모래바람은 쉬지 않고
둔덕으로 모래를 퍼 나른다

저 끝까지 희뿌연 사막, 무엇이
얼음처럼 차갑게 면도날로 깨어나는가
창백한 달빛이 아득히 쌓이는
무한 존재의 고독에 매몰된다

출렁이며 달려오는 물결을 보라!
사막은 원래 바다였는지
이곳에서 생명이 비롯되었는지
바다에서 죽은 모든 것들의 호흡은
사막의 바람으로 모래둔덕에 쌓이고

낙타의 방울 소리가 적막한
순례자의 발길은 끝없이 이어지고

숨이 멎은 시간들이 쌓인 모래둔덕
그들은 허무의 신에게 계시를 구하는가

사탄의 유혹을 물리친 사람의 아들,
스스로 십자가를 지고 걸어간
예수의 무한 고독을 바라본다
모래바람이 잇따라 불어오는 곳으로

바위 2

길의 끝이 어디인지
네 길은 보이지 않고
시간은 눈을 감은 심판자

바위는
침묵의 확고한 언어
말하지 않는 증언

세월의 지층마다
안으로, 안으로 쌓여
무너지지 않는 기록

그날에
열어 보일 가슴으로
굳게 문을 닫고 있다

가을 4

물이 깊어서 파란 하늘
하늘이 푸르러 맑은 바람
흰 구름 한 점
하늘이 넓다

가을 햇살에 눈물이 고이고
가을 숲은 쓸쓸히 황홀하다
소쩍소쩍
밤새 울고 가더니
빨긋빨긋 고운 찔레와
살래살래 꼬리 흔드는 강아지풀
서러운 이야기는 바다에나 주고

가을엘랑 우리
사랑만을 말하자
억새 하얀 손을 흔드는 저 끝까지
무언의 약속을 걸어가자

새벽 숲을 굴려 가는 바퀴

새벽 숲에서는
거대한 바퀴를 굴려 가는
신비한 숨소리가 들린다
이 낡고 오래된, 그러나 정밀한
빙글빙글 돌아가는 은밀한 기획은 무엇인가
이 새벽 숲에 무엇이 나의 세포를 팽팽하게 당기는가

나무들은 어둠을 뚫고 빽빽하게 숨찬 하늘로
오로지 그 한 가지로 서 있고
새들은 침묵 속에 새벽의 묵시를 묵상하며
일시에 날아오르려는 순간을 기다리고 있다
온밤을 벌레들은 검은 구름의 노래를 목이 쉬도록 부르고
세상의 방관자 바람은 나뭇가지를 흔들면서 서두르고
있다
　검은 구름이 빙글빙글 도는 하늘의 별빛들은 꿈틀거리고
　보이지 않는 거대한 바퀴를 굴려 가는 눈빛
　검은 숲속 여기저기서 날카롭게 반짝이고 있다

보라! 굴리는 사람이 없어도 해도 달도 세월도 스스로 굴러가고 있지 않은가 무한 허공에 가득하여 보이지 않는 눈빛, 우렁우렁 바퀴를 굴려 가는 소리

빙글빙글 굴러가는 거대한 바퀴, 이 낡고 오래된, 그러나 어린 풀잎을 흔드는 정밀하고도 경이로운 눈빛은 낱낱의 나를 깨우며 어디론가 나를 굴려 가고 있다

어떤 눈빛

숲속 빽빽한 나무 사이에서
들길을 흐르는 시냇물 어디쯤에서
새소리 아득한 고요한 시간에
섬광처럼 나를 깨우고 사라지는 눈빛 있다
소스라쳐 바라보면 나뭇잎은 한들거리고
언젠가 저무는 도시 붐비는 거리에서
불꽃처럼 내게 꽂히던 소녀의 눈빛일까
잿빛 건물들의 숲속에서 두근거리는
늘 목 뒤에 머물다가 가는 누구실까
갈 수도 없고 올 수도 없는 거리는 얼마쯤일까
검은 안경처럼 캄캄하게 그리워질 때
구름들은 왜 꿈틀꿈틀 흐르는가
뜰에 오랜 감나무 넓은 잎들이 수런거리고
텃밭에 상추들이 날마다 푸름을 더해가고
내 속에 깊이 앉은 날들을 헤아리며
슬픈 내 영혼의 눈빛을 바라본다

나뭇잎에 한들대는 햇살일까

어느 하늘가에서 부르는 소리일까

돌아보면 이내 허공이 되고 마는

소름 돋는 그리운 눈빛 있다

사랑한다는 것은 나무처럼 숨 닿을 만한 거리에 서는 것

그만큼의 거리에서 네가 보는 곳을 바라보는 것

언제 어디서나 하늘과 땅과 허공에 가득한

바람으로 흐르는, 물결로 출렁이는

구름 위에서 빛나는 햇빛 같은

나에게로 향한 언제나 눈빛이 있다

하늘과 산과 바다와 숲속 그리고 이제는 내게 들어와

나의 아픔으로 너의 아픔을 덮는

가슴에 살고 있는 눈빛이 있다 너를 바라보는

제2부

내 눈도 반짝이나요

촛불 1

밤마다 그대에게로
떨리며 있습니다

바람 소리 내달리고
별빛이 흔들립니다

그리움을 태우며
기다림이 녹습니다

행여 이 밤
광야를 걸어오시는지

온 밤을
흐느적이는 기도입니다

오노라

밤하늘을 보다가
눈물 그렁그렁한 별을 보았지요
단번에 '사랑의 별'이라는 걸 알아봤지요
슬픔을 모르는 별이면 사랑도 모를 테니까요
나는 뜻도 없이 그 별을 문득
'오노라'라고 부르기로 하였지요
예쁜 이름을 지어주면 떠나지 않겠지요

'오노라', 가만히 뇌이면
반짝이다가, 반짝이다가
눈물로 방울방울
땅으로 녹아내리는 별
봄이 되면 양지바른 들녘에
오종종 꽃이 피어 반짝인다죠

사랑하는 사람바다
눈빛이 별처럼 반짝이는 건
모르긴 몰라도 어디선가

오노라 꽃을 만났다는 증거예요

햇볕 좋은 날 밤이면
글썽이는 오노라를 바라보지요
이 세상 가슴 아픈 사람들은
모두 사랑의 별을 만났으면 해요

당신 눈이 반짝이네요
내 눈도 반짝이나요

소망

속절없어라
지는 꽃잎에 내리는 비는
덧없어라
낙엽 위로 내리는 햇살은

글썽이는 그리움으로
별빛은 아름답고
뛰는 심장으로 사랑은
가슴에서 숨을 쉬나니

우리는 그렇다
저 길에 주저앉아 울면서
짓무른 발바닥으로
동터오는 새날을 바라보며
깨진 무르팍으로
안개 속을 걸어도
가야 할 길을 안다

어여뻐라

꽃이 진 마음에 듣는 빗소리는

눈물겨워라

벌레 먹은 나뭇잎에 내리는 햇살은

고마우셔라

가난한 문을 두드리는 음성은

족쇄

봄 사월이라 해도
도르르 떠는 햇병아리
가만히 품에 보듬어 안으면
스르르 눈을 감고
"비비− 비비−" 옹알이 한다

혹, 구렁이가 삼킬까
혹, 말똥가리가 채갈까
막걸리 한 잔도
맘 놓지 못하고

"삐악! 삐악! 삐악!"
아예 귀에다 못을 박아놓고
내가 오도 가도 못 한다

사랑한다는 것은

사랑한다는 것은 바라보는 것이다
바라본다는 것은 기다리는 것이다
기다린다는 것은 믿는다는 것이다
믿는다는 것은 사랑한다는 것이다

너와 나
최초의 약속으로
강물은 흐르고
꽃들은 피어나고

강나루에 어둠이 내리고
기다림은 하나 둘 불을 켜는데
너를 사랑하지 못하고, 나는
어디를 두리번거리나

사랑은 믿음이요
믿음은 기다림이요
기다림은 바라봄이요
바라봄은 사랑하기 때문이다

가을에 2

휑한 들판을
앙상한 바람이 쓸고 가네
허수아비는 두 팔을 내리고
먼 산을 보며 있네

왠지 섭섭하여
돌아앉았노라니
여윈 낮달이 글썽이네

빈 하늘이
저리 깊은 것을
군불을 지피느라 종종대며
연기만 피웠나 보네

바스락바스락
총총히 사라지는
계절의 아쉬운 눈빛

그대 앞에서라면

오래 간직해온 모국어로

나 고백할 수 있네

"사랑한다"고

분수

그리움도
지칠 양이면
부서져 내리는
꽃이 되는가

사랑도
사무칠 양이면
막무가내로
벼랑으로 서는가

무너지고
무너져서
아름다운 균형

허공에
무지개 한 채 띄워놓고
사랑만을 꿈꾸는가

반짝이는 것들

하얀 눈 위로
툭, 지는 동백꽃

두 살 방글거리는
쌀 두 알

물속 자갈 위에
알랑대는 햇살

빈터에 반짝이는
첫서리

순간을 긋고 가는
유성의 긴 꼬리

그리고 먼 날의
첫 키스

반짝이는 찰나
슬퍼서 아름답다

잠시

골목 어귀에서 어렴풋이
뒷모습이 지워져갈 때
하루의 긴 이야기를 마치고
바라보는 하늘이 망연하다

사랑하고 이별하고
슬퍼하고 그리워하고
번쩍번쩍 화면이 바뀌는 잠시

흐물흐물 해체되는
허름한 너와 나의 잠시란
어설프다

먼지처럼 날아가는 새들의,
밤바다에 통통거리는 배들의,
우줄우줄 어두워가는 나무들의 잠시
아직 어스름이 남아 있는 동안에
네 길로 내 길로
뒤돌아서 가는 잠시

나의 슬픔은

는개 풀풀 날리는 날
책상에 깔개를 깔아놓고
문방사우를 펼쳐놓았는데
슬픔은 저만 외로워서
그냥 집을 나와서 걸었지요
산길, 그 투명한 물속을
하얗게 걷고 있었지요
슬픔을 아는 새들은
곡비처럼 노래하고
나뭇잎들은 가만가만
안으로 흐느끼고 있었지요
어쩌다 눈을 마주친
도망칠 일밖에 없는 노루가
우두커니, 촉촉이 있었고요
귀 여린 야트막한 물소리
세상으로 내려간다 하네요
지붕 얇은 어느 집에
목이 길어지는 기다림이 있겠지요

그 겨울에

그 겨울 거리마다
'하얀 크리스마스'가 설레고
눈은 며칠이나 내려서
밤의 고요가 무릎까지 쌓였지

그 새벽, 김이 펑펑 오르는
우동 한 그릇씩 비우고
호롱불 뒤를 뽀드득 뽀드득 따르며
"고요한 밤 거룩한 밤 어둠에 묻힌 밤"
캐럴을 부를 때 세상은 평화로웠네
나는 베들레헴의 목동 같았네

눈이 내리네
내리는 눈은
잠시 바라볼 새도 없이
녹아서 눈물로 내리고

그렇게 쌓이던 눈

다 어디 가서 내리고 있을까
그때 단발머리 소녀는
어느 하늘가에서
첫눈을 기다리며 있을까

통풍(痛風)

질긴 날들
막걸리 한 사발로
갈한 목 축이며 왔는데
그게 영 마음에 안 드셨나

'통풍'이라 해서
나무그늘을 찾아드는
한 자락 바람이려니 했는데
겨우 몸무게 60킬로그램에
웬 거머리 같은 바람이 다 있나

어쩌랴
지엄하신 감독의 사인이시면
"넷!"
큰소리로 대답하고는
그의 손끝이 가리키는 곳에
푸르게 일어서는 강물을 본다

매번 길이 막히면
또 한 길을 여시는 이
가난의 풍요를 알게 하시고
어쭙잖은 나의 시에
통풍을 달아주시니
심심찮은 벗 삼아 가려 하네

제3부

신발이 없다

낡아가는 사랑

배암이 벗어놓은 허물에
겨울 햇살이 눈을 찌를 때
새벽이슬도 차마
마른 잎을 적시진 못했으리

함께 창밖을 바라보면서 너와 나
서로 다름도 참 싱그러웠는데
노래하던 새들은 겨울 숲을 떠나고
얼마쯤 사이를 두고 나무들은 서서
지음(知音)의 기억 속으로 젖어들고 있다

고집을 버린 페인트의 순한 눈빛과
벽을 끌어안은 푸름을 버린 담쟁이
세월의 너그러움에 너와 나
끄덕이면서 함께 낡아가는 사랑
난로의 온기에 무심히 손을 펴며
착한 눈빛을 내리고 묵묵히 있다

고내오름* 소쩍새

꽃들이 팡팡 터지는
막막한 봄 사월
소쩍
소쩍
솟 소쩍
고내오름 청량한 새벽
그리움에 발걸음을 적십니다

밀항선 타고 떠난
우리 누나는
등에 업어 키운 오랍을 못 잊어
재 한 줌 돌아와서 울고 있습니다

옛날
옛날
그 옛날
그리움에 눈만 남은 우리 누나는
고내오름 어미무덤 발치에 앉아

오늘도 온 새벽을 울고 있습니다

* 고내오름 : 제주도 고내리 소재 표고 167미터의 작은 산

정말 미안하다

가난한 60연대, 아내는 밭에 가고
집에 남아 아기를 보던 때가 있었지
분유를 아끼느라 묽은 젖병을 물리면
반은 물로 배를 채우고 순하게 잠이 들 때
애기구덕* 흔드는 대로
왼쪽으로 꼴랑, 오른쪽으로 꼴랑
꼴랑꼴랑 스미는 슬픔과 분노로
허공에다 마구 주먹질을 해대곤 했었지
작은놈이 고3 때, 브랜드 신발을 사달라고 조를 때
"야, 이놈아! 아비는 칠천 원짜리 신으면서
그래도 네겐 팔천 원짜리인데 무슨 불만이냐?" 했더니
"아방*, 우리 친구들이 뭐라는 줄 알아?"
"니네 집 경* 가난허여?" 한다며 눈물을 보이는 거였다
허 참, 할 말은 많은데 할 말은 없고
턱하니 이만 칠천 원을 주고 나이키 신발을 안기고는
나도 돌아서서 눈물 흘렸다는 거 아닌가
그 세월 다 어디 갔는지?
지들대로 직장 생활 하면서 잘들 지내니

그게 너무 고맙고 미안한 거다. 아비랍시고

무등 태워주지도 못하고, 공도 같이 차주지 못하고

변변히 대화도 나누지 못했는데 들풀처럼 무성하다

때로 지들 엄마와 티격태격할 때면

"아방 잘한 게 뭐우꽝?" 하며

편찮은 지들 엄마 편에 설 때면

"이것들이" 하다가도

그게 고마워서, 내가 돌아서서 또 울었다는 거 아닌가

지들도 넉넉지 못한 살림일 터에

매달 꼬박꼬박 보내는 용돈을 받아 쓰면서

자격 없는 아비가 이렇게 행복해도 되는 걸까

정말 고맙다 미안하다

* 아기구덕 : 요람의 제주 말.
* 아방 : 아버지.
* 경 : 그렇게.

사소한 사랑

내 사랑 사소하여
갈대숲에 이는 바람 소리 같은
어디 흐르는 물소리에 귀가 맑게 틔는 그런
먼 해조음 여리게, 가슴 서러워지는 그런 것

예를 들면 그녀의 입술이 보광사* 추녀인 양
날아오를 듯 산뜻하다면, 그렇다면 나는
그날 밤 살짝 그녀 속으로 기어들어가
우리 집 울타리에 돌 하나를 얹을 것이었다
일테면 그녀의 볼 부은 입술이
한일자로 닫혔다면, 그렇다면 나는
새앙쥐 풀방구리 드나들 듯, 종일
보일 듯 말 듯 그녀를 맴돌 것이었다

내 사랑 사소하여
풀잎에 흔들리는 햇살 같은 그런
해가 돋고 지는 동안에 바람이 부는 그런

쓸쓸한 비가 그치면 무지개 뜨는 그런

사소한 내 사랑
흰 구름 한 점 훌훌 떠나고
당신 없는 어둠이 나를 밀어내는 저녁
체경 앞에서 미소를 지으며 나를 바라보는 당신
"당신 이뻐, 보고 싶어, 내가 미안해, 사랑해." 하면
"거짓말!" 하며 여전히 웃고 있는 당신
사소하여 참 무거운 고백, 슬픔이 역류할 때, 사랑은
오십삼 년을 가슴에 묵혀온 세월의 무게인가
시인이 되어 줄곧 노래하여온 나의 그리움이
밑돌 하나 없이 와르르 무너져 내리는 저녁

*보광사 : 고내오름에 있는 절,

뻐꾸기 울고 있다 2

뻐꾹 뻐꾹 뻐꾹
사월의 햇살 나른한 들에
남의 둥지에 두고 온 새끼를 부르며
뻐꾸기 종일 원죄를 울고 있다

서로 빤히 들여다보면서
무슨 닭살 돋는 말을 하랴 싶어
아내의 가슴에 팽개친 세월이 참 무정하였다
"아이덜 커가는디. 집이 오문 발부터 씼읍서, 내의도 갈
아입곡." 내 게으름을
고장 난 축음기처럼 되풀이할 때
버럭 소리를 저지르고 나면 내내
주방에서 달그락거리는 소리에도 신경이 쓰였다
간디에게 배웠는지 아내는 눈도 귀도 입도 없다
"미안해, 내가 잘못했어, 나 이러는 거 잘 알잖아"
TV에 눈을 둔 채 연속극 대사를 외면 아내는
그게 서러운지 침대로 가서 벽 쪽으로 돌아눕고

나는 연속극이 끝나도록 하얗기만 하였다

아내는 그의 나라로 떠나고
오월의 긴긴 날 나의 상실은
눈 둘 곳 없어 고아처럼 떠도는데
뻐꾹 뻐꾹 뻐꾹, 뻐꾸기는
아지랑이 햇살을 풀어놓는 나른한 날 저물도록
아내의 가슴에 두고 온 나를 부르고 있다

잃어버린 신발

퇴근하려는데 신발이 없다
아무리 뒤져도 보이지 않는다
월급날이라 모두들 활짝 핀 얼굴들이다
한잔하자며, 낄낄낄 썰물처럼 빠지는데
신발이 없다
땅거미 촉촉이 배어드는데
오늘은 월급날, 아내가 기다릴 텐데
여기저기 쪼개다 보니 손이 허전하다
고졸 출신인 나는, 호봉이 낮은 나는
월급날이 쓸쓸하다
저마다 은행원들처럼 뻣뻣한 지폐를 호기롭게
척, 척, 척, 척 소리를 내며 세고 세지만
안주머니에 봉투를 슬쩍 밀어 넣고
나는 모른 척 쓸쓸하다

신발이 없다
참새들은 저무는 나무에서 시끄럽고
빈 교무실에 덩그러니 시리다

늘 그랬지, 늘 혼자였지

'짠!' 하고 잔을 부딪치며 잔을 돌릴 때에도

생각해보니 나는 혼자였어

'까짓것 내일이라도 고만두고 말지' 하면서

버텨온 직장, 날마다 닳아진 얼굴들인데

담배 한 개비 스스럼없이 얻어 피우면서

익히 아는 듯 모두 낯선 얼굴들이다

벽에 걸린 어느 외딴 도시 쓸쓸한 거리

나는 그 서먹한 거리를 걷고 있는 것일까

신발이 없다

현관 앞에 두 아름이나 되는 백 년 소나무

시꺼먼 사천왕상의 웅—웅—거리는 계시를 들으면서

나는 자꾸 음산하고 께름칙하다

귀신이 곡할 일이다

낡았어도 발이 편해서 삼 년이나 끌고 다니는 고물딱지를

누가 탐내거나 훔쳐갈 리도 없고

누가 잘못 신고 갔다면 대충(代充)은 있을 것 아닌가
이거야말로 귀신의 짓이다
원래 이 터가 일제 신사 터인데다 비 오는 밤이면
소복을 한 여인이 통곡을 한다는 도체비엉장* 아닌가
갑자기 온몸에 소름이 돋고 뒷목이 서늘하다
뭐야, 달나라 가는 시대에……
아니지, 내가 실존이면 귀신도 실존이지
낮과 밤이 있고, 빛과 어둠이 있지 않은가
빛의 절대자이신 하나님을 부정할 수 없다면
사탄은 어둠의 주관자 아닌가
사탄은 디테일하다는데
신발을 잃어버리면 가슴 아픈 일이 생긴다는데
내가 오늘 집에 돌아갈 수는 있을까
정신 차려! 네 오랜 믿음이 겨우 공작새의 깃털인 거야
아니지, 문제는 늘 잘난 체하는 데 있지
사탄은 인간의 가장 연약한 부분을 꿰고 있지
저 장담하던 베드로도 닭 울기 전에 세 번이나 부인했지
그렇다면 이것은 하나님의 사인일까?

하긴 뜬금없이 통풍이 온 것만 해도 그래
아무리 하나님이 그런 사소한 사인을 하실까?
사소하다? 그게 문제인 거지
하나님의 섭리엔 살인자라도 목을 댕강 치는 법은 없지
그때마다 댕강댕강 목을 쳤다면 세상이 남아났겠어
그제도 어제도 같은 날 아무 일도 없듯이
하나님의 전조는 모르게 오지, 아닌 듯 기다리시지
소돔과 고모라가 그랬고 노아의 홍수 때도 그랬지
그때도 사람들은 여전히 하나님을 무시하였지
"시험에 들지 않게 깨어 있으라" 주님의 말씀에
제자들은 쿨쿨 잠만 자고 있었지
그러고 보니 내가 너무 막걸리 통에 빠져 있었던 거야
자만에 빠져서 말씀보다 내 생각과 의지를 고집하였어
그렇더라도 네 믿음이 자그마치 칠십 년 아닌가
믿음은 순종이지, 셈이 아니지
개구리의 가마솥에서 잠에 빠져 있는 거야

신발이 없다

저물녘 어둠은 짙게 발묵하는 데

빨리 집으로 가야만 하는데

아이들이 기다리고 있을 텐데

일 년 사철 몸뻬를 입고 사는 마누라

쓴 데를 쓸고, 닦은 데를 닦으면서

여기저기 꿔다 쓴 돈을 헤아리며 있겠지

그렇더라도 가다가 식당에 들러 외상값도 갚고 공짜로

완 병 완 사라도 즐기고, 흥얼대며 약간은 으스대며 들

어가야지

'One 병(甁), One 사라(さら)'라, 허! 4개국 말이 아닌가, 그

럴듯해

이러거나 저러거나 나는 나로서 최고인 거야

하나님이 나 외엔 나를 만들지 않으셨지

신발이 없다

밤은 깊음 속으로 빠져들고

이제는 집으로 가야 할 때

모처럼 아이들의 과자도 한 봉지 사 들고

돼지고기도 뭐 근 사 들고 대문을 박차고 들어가야지

난생처음 과자 봉지를 들고 왔으니 아이들은 방방 뛰겠지

마누라는 어떤 표정일까 아이들처럼 좋아할까

안 하던 짓 하면 빨리 죽는다는데, 라며 걱정할까

"꼬리에 빚을 줄줄 달고 살면서 이게 뭐 하는 짓이야!"

냅다 물 한 바가지라도 끼얹을까, 그건 아니지

절대 소크라테스의 처는 될 수 없는 위인이지

'고기 두 근이면 돈이 얼만데' 기껏 구시렁대겠지

아닐 거야, 모처럼 가정적인 남편을 흐뭇해할지도

돈 몇 푼으로 왕처럼 근엄해질 수 있다는 건 얼마나 근사한 일인가

오늘이야말로 꼭 그럴 것이다

밤낮 밭에서만 살면서 식모처럼 밥밖에 할 줄 모르는 여자

아이들 다 재워놓고 눈길을 마주하여 귀밑머리 만지면서

"당신 고생했어. 사랑해!" 오늘은 꼭

삼십 년을 간직해온 사랑을 고백해야지

그러면 펑펑 울까, 아니면 "징그럽게 무사 영 햄수광?"
할까
　아니지. 그래도 가끔은 걸레질을 하면서 '사공의 뱃노
래'를 흥얼거리는 여자긴 여자지

　신발이 없다
　밤이 더 깊어지기 전에 가야 한다
　우물쭈물할 때가 아니다
　다시 신발장을 열어보았다
　웬일인가, 칸칸마다 신발이 가득하다
　먼지가 두둑이 쌓여 형체도 분간할 수 없는 것들
　'신발의 공동묘지'
　저 죽은 신발들은 어느 산과 강을 건너왔을까
　'신발의 공동묘지' 내 신발도 저 안에 누워 있는 걸까
　지금 숨을 쉬고 있으니 나는 살아 있는 걸까, 좀비들처럼
　걸어 다니는 시체들 사이에서 썩어가는 것은 아닐까
　먼지만 푸ㅡ 푸ㅡ 날리며

신발이 없다

그래도 집으로 가야 한다

이제야말로 결단할 때이다

이러다가는 영영 밤에 갇힐지도 모른다

밤이란 거룩한 자의 밤이기도 하고 사악한 자의 밤이기도 하지

밤이란 못된 일을 꾸미는 흉물일 때가 많지

밤에 갇혀서 영영 집으로 갈 수 없을지도 모른다

그러기 전에 결단을 하여야 한다

그래 그렇지 맨발로 뛰는 거야

그래 원래 맨발이었지

아, 이제야 깨닫다니 참 늦었지만

죽을 때까지 깨닫지 못하는 사람들은 또 얼마나 많은가

뛰자, 맨발로 뛰자, 누구나 맨발로 뛰는 거지

결심을 하고 드디어 나는 냅다 맨발로 뛰었다

오른손으로 안주머니의 월급봉투를 꾹 누르고

웬일일까, 거리엔 한 사람도 없다

'우글거리던 사람들은 다 어디 갔을까

조금만 더 가면 그리던 우리 집인데

겨우 500미터 거리에서 50년이나 걸리다니

저만치 우리 집 창문에 불이 환하다

아, 저기 우리 집 불빛, 눈물이 난다

그런데 무슨 일이 있는 것일까

안방도 마루도 마당까지 환하다

작고 낡은 우리 집이 대낮보다 환하다

무슨 일일까, 무슨 일일까

빨리 가야 한다, 죽을힘으로 뛰었다 그런데

아무리 뛰어도, 뛰어도 제자리

한 발자국도 앞으로 나가질 않는다

저기가 우리 집인데, 저기가 우리 집인데……

누가 나를 불렀다, 아내였다

'수원 윌스기념병원' 1인실 반조명의 불빛이 졸고

아내는 환자복을 수의처럼 걸치고 침대에 앉아 있다

아내를 부축하여 변기에 앉히고 나와 의자에 앉았다

영화처럼 선명한 꿈이었다

무엇일까 이 싸늘한 여운은

짜르르— 오한이 전류처럼 지나갔다

* 도체비 : 도깨비
* 엉장 : 거대한 바위로 둘러싸인 굴처럼 우묵한 곳.

아내의 방귀

아내의 오래된 간경화는 물이 새듯
서서히 그녀를 무너뜨리고 있었다
3개월 시한부의 끝으로
자주 혼수상태에 빠지면서, 그럴 때면
침대에 앉아 허공에 시선을 고정한 채
멀거니 어느 다른 세계를 헤매는지
"집이 가게, 우리 집이 가게!"* 한다
"가긴 어딜 가, 이게 우리 집인데" 하여도 재촉한다
그러고 있더니 느닷없이
방귀를 두 번이나 뀌었다. 하도 신기해서
"이거 무슨 소리? 비오젠 햄신가?"* 했더니
아내가 웃었다 소리 내어 웃었다
아, 나는 방귀 소리가 너무 고마워서 눈물이 났다
저렇게 아이처럼 해맑게 웃는 게 얼마 만인가

이제껏 나는 아내의 방귀 소리를 들어본 일이 없다
아니 딱 한 번 있다. 물을 마실까 하여
주방으로 들어서는데 달그락거리던 아내가
"뿌웅—" 하였다 너무 신기해서, 짐짓
"이거 무슨 가죽피리 소린고!" 했더니

"난 사람 아니우꽝?" 한다 그간의 항변이듯이
그러고는 이번이 두 번째다

가난한 아내는 만년 오일장의 단골이지만
모르게 손끝이 야물고 단정하여 추레하지 않았다
종일 밭에서 일하다 와서 솜처럼 풀어졌어도
찬물에 목욕하고 크림 한 번 쓱 문지르고 나면
물속에 반짝거리는 수석 같았다
반세기 넘도록 몸 섞어 살면서도 어쩌다 내가
거실에 있을 때면 부러 바깥 화장실을 쓰던 눈치다
아내가 파수꾼처럼 지키려던 것은 무엇일까
이제 그 오랜 금도를 해제하려는지
그렇게 꼭 쥐고 있던 방귀의 끈도 놓아버린다
그녀의 삶의 틀, 엄마, 아내, 여자에서
새처럼 훨훨 날아가고 싶은가 보다
'저 불쌍한 여자를 어쩌면 좋아'
무엇이 자꾸 억울하여 숨을 쉴 수가 없다
차마 얼굴을 바로 볼 수가 없다

* 집이 가게 : 집에 가자
* 비오젠 햄신가 : 비가 오려는가

아내의 창

종일 누워 지내는 아내, 아침나절 일어나면
부러 거실 소파에 앉히면 멀거니 창밖을 보며 있다
그녀의 텃밭과 감나무와 건물 사이로 좁다랗게 보이는
가로수와 신작로를 내달리는 차량과 골목을 오가는 사
람들
그리고 들판 너머에 먼 산과 하늘, 그녀의 풍경이다
눈을 감았다 뜨면, 영영 사라지기라도 한다는 듯이
아내는 하염없이 바라보며 석상이 된 듯하다
지금 아내는 그녀의 소녀를 날아다니고 있을까
아니면 그녀가 가야 할 아득한 곳을 바라보며 있을까
창을 열면 언제나 새들이 날아와 노래를 부르는
그녀의 오래된 삶을 덮으려고 설득하고 있는 중일까
아내는 어깨 수술을 받고 그 후유증으로
아내의 가장 약한 부분, 관리하여오던 간경화에 충격을
주었는지
자꾸 피가 모자랐다, 그녀의 미라를 준비하는지
피는 줄곧 어디론가 새어나가고, 그때마다
간성 혼수상태로 119로 실려 가기를 세 번

이제는 차라리 평안한 얼굴이 되어

가장 먼 곳을 가까이 가장 보고 있는 것이리라

"철웅아! 철웅아, 철웅아!"

혼자서 냄비 바닥을 긁고 있을 막내가

그녀를 쉽게 놓아주지 않는지 소리 내어 세 번을 불렀다

그날 오후 급격한 간성 혼수상태로 다시

중환자실로 이송되고, 이틀 후 그녀는 그의 나라로 떠났다

"엄마, 엄마!" 아이들이 부르는 소리를 들으며

참 고요한, 평화로이 아내는

그녀의 창문에 커튼을 내렸다

하나님이 안으셨다

텅 빈 허공

아내가 떠난 후
방에서 거실로, 주방에서 텃밭으로
종일 빙빙 도는 텅 빈 허공
명치끝에 물컹한 허공이 있다
주방에 들어서면 달그락거리는
숨어 있던 허공이 와락 나를 덮친다
밥 두어 술을 국에 말아 후루룩거리면
물컹한 무엇이 꺽– 꺽– 역류한다

병원을 들락거리던 5개월에
아내는 내 가슴을 허공으로 꽉 채우고 떠났다
슬픔, 자책, 후회의 그 물컹한
방향도 없이 자꾸 서운하고
물속같이 깊고 울울한 덩어리
그 오랜 세월 질기게 쌓여온,
한 공간을 숨 쉬며 내 속에 자라던,
저는 훌훌 날아가고 내게 남은 텅 빈 허공

아내의 방에 들어서면
빈 침대에 도사리고 있던
오한처럼 나를 덮치는 허공
그녀의 베개와 이부자리 그대로
아내의 몸 대신 나의 몸을 눕히고
그녀의 텅 빈 허공을 재우려고
모질게 눈을 감는다

아내는 그녀가 되었다

시집오던 날부터
아내는 제 이름을 잃고
'누구 엄마'거나, '집사람'이더니
하늘나라로 떠나더니
아내는 그녀가 되었다

사는 날 동안
몸을 비비면서 아내는
한 공간을 호흡하는 공기 같았다
들여다볼 때만 보이는 거울 같았다
내 의식 밖에 내가 있듯이
닻을 내리고 흔들거리는 항구였다

살아서 아내는
풍경처럼 있더니
죽어서 떠난 후
아내는 그녀가 되어

내 안에서 반짝이며 있다

그녀 대신 청소할 때도
세탁기를 돌려 빨래할 때도
텃밭에 쭈그려 상추를 딸 때도
내 손길이 닿는 데마다 그녀는 따라왔고
날 저물어 라면을 후르륵거릴 때면
그녀는 곁에서 눈물을 훌쩍이며 앉아 있다

그녀는 내 안에
영영 그리움이 되었다
참 쓸쓸한 별이 되었다
날마다 글썽이는 별이 되었다
이제야 행복한 별이 되었다

아흔아홉골 까마귀

아흔아홉골
경주김씨 득정공파 가족묘원
까옥 까옥 까옥, 누구에게 들었는지
저기 가면, 밥 한 숟갈에 술 한 잔
잘하면 고기 한 점 얻어먹을 수 있다고
아흔아홉골 떼 까마귀 아침부터 울부짖고
생을 조기 은퇴한 오촌조카
부모 곁에 한 줌 재를 부려놓고 있다
까옥 까옥 까옥
가장(家長)의 맹목적인 전선에서
까마귀처럼 치열하더니
심지가 곧고 굽힐 줄 몰라 힘들었을까
도끼질 몇 번으로는 끄떡없을 것 같던
육척장신 장수만 같더니
말술로도 달래지 못한 그리움
그만 고향으로 돌아가고 싶었을까
모처럼 고향을 찾을 때면 됫술 꽂아놓고
고팠던 고향 이야기로 한숨짓고

어린 시절 동화 속에서 날이 밝았었지
까옥 까옥 까옥
달랑 남겨진 아내와 딸이 울고 있다
이제 다시는 볼 수 없다는 걸 안다
어쩌랴, 분향하고 잔 드리고 절하고
세상의 예를 다하여 보내려는 것이니
까옥 까옥 까옥
몹쓸 놈, 잘 가라
남은 가슴들에 돌 하나 얹어놓고 행복한 놈
아흔아홉골 맑은 물에 씻고 다 잊어라
까옥 까옥 까옥

제4부

꽃등 하나 걸어둡니다

연꽃 1

어느
눈먼 마음을 뜨게 하려고
연꽃
한 송이 피었습니다

어느
떠도는 아이의 그리움으로
연밥
한 사발을 받쳐 듭니다

문득 찾지 않는
이의 그리움으로
꽃등 하나 걸어둡니다

연꽃 2

만난 적도 없는 우리
먼먼 눈짓이었나
약속한 적도 없는 우리
먼먼 기다림이었나
하릴없이 걷다가, 문득
하가* 연못이었습니다

햇살은 멸치 떼처럼 파닥이고
태곳적 숨을 쉬는 연못
유월의 하늘에 손 모으고
가슴 허한 사람들이
연등 하나씩 걸어놓았습니다

해와 달
뜨고 지는
너와 나는
무언의 약속

아무도 모르는 묵시

그리움으로 피어서
모르게 지는 꽃이여
먼 언제 네 눈짓 있었나
발길 따라 여기 섰습니다

* 하가 : 제주시 하가리.

떠나는 자

가던 이가
멈칫하더니
그냥 간다

들판에
누옥 한 채
휑하다

어느 지점에선가
소금기둥*이 되어
한 번은 돌아보리라

* 소금기둥 : 소돔과 고모라가 멸망할 때 롯의 아내가 두고 가는 집
　과 재산을 돌아보다가 소금기둥이 되었다는 성경 이야기.

기억 속의 미루나무

바람이 부는 들판에
지금도 구름을 손짓하는
미루나무 한 그루 있지요

(가다 오다
내게로 오시겠죠?
가다가 지칠 때면
와서 기대세요
울고 싶을 때에도 오세요
바람의 손을 잡고
함께 울어요)

큰길을 내느라
지금은 없는 나무
때로 지치고 슬픈 날이면
내게로 손짓하는
미루나무가 있지요

아침 처음 뜨는 햇살로

아침 처음 뜨는 햇살로
풀잎 위에 내리고 싶다

이른 봄 맨 먼저 달려온 바람으로
댕그렁 댕그렁 종을 울리고 싶다

한여름 미루나무 우듬지에서
매미의 태양의 노래를 부르고 싶다

달빛 창가에 밤을 새우는
귀뚜라미의 소리로 떠나고 싶다

겨울바다 거친 너울에 누워
진눈깨비의 눈물로 시를 쓰고 싶다

억겁을 울어도 다 울지 못한 파도

누이야, 울지 마라

아침 처음 뜨는 햇살로

우리, 가난도 슬픔도 맑게 씻어

풀잎 싱그러운 노래를 부르며 가자

눈물길 2

바위의 가슴에도
눈물길이 있어

새들의 갈증으로
똑, 똑, 떨어지는 물방울

우리 손을 잡고
바다로 간다

절망의 틈새를 열고
가슴에서 가슴으로 흘러

글썽이는 별빛 따라
우리 바다로 간다

너울

바다는 밤으로 사는지
저녁이 되어 깨어나는 항구
등대는 부엉이처럼 눈을 뜬다

배들은 어두운 바다로 결연하고
너울은 소리치며 달려와
"철썩철썩!" 방파제를 때린다

사랑한다는 것은
가슴에 길을 내는 것
네게로 너울지는 것

등대는 저무는 하늘에
외로이 등불을 높이 드나니, 그대
어느 바다를 노 젓고 있느뇨
세월 너머 그대의 바다로
"철썩철썩!" 너울지느니

독수리 그리고

비 갠 하늘은 더 높이 푸르고
까마득히 노래하는 독수리는 푸르게 사는 새인가
저녁 햇살에 번쩍 빛나는 심판자의 눈
땅 위의 개미 한 마리도 놓치지 않을 듯하다
내 눈은 얼마나 허접스러운가, 땅바닥에 눈을 박고
동전 한 닢 주우려고 살아온 날에 흰머리만 날리네

누이는 울면서 떠났지. 정머를 동산을 오르며
버스는 똥구녕으로 푸푸─ 쉰내를 내뿜고,
고추잠자리처럼 나를 맴돌던 어린 누이
뻐꾸기 소리 종일 목이 쉬던 유월
입 하나 덜려고 뻐꾸기 소리 따라 울면서 떠났지

청승맞은 뻐꾸기 소리 때문이라고
뻐꾸기 둥지를 찾아 땀을 졸졸 흘리면서 몇 날이나
고내오름을 헤젓고 다녔지만 개개비 둥지는 비어 있고
배고픈 누런 해가 중천에 참 길고 길었지

옛 언덕에 보리 물결 누렇게 출렁이는데

그때 그 햇살, 멋없이 늙은 나를 킬킬거리며

서녘 바다에 정어리 떼 붐비고 있네

누이는 소식도 없고 그때 그 뻐꾸기

소리 하나씩 꺼내어 시를 쓰느니

시답지 않은 시로 벌건 몸을 두르고 똥막사리*에 앉아

노을에 불타는 독수리의 선유(仙遊)를 바라보느니

* 똥막사리 : 작고 초라한 집을 일컫는 제주 말. 나의 산방(山房).

숲에서 3

숲에서는
보이지 않는 것들이 보이지
어디서 귀 맑은 물소리와
해 질 녘, 숲의 오솔길로 사라지는 땅거미
은사시나무의 속삭임은 가늘게 떨리고
어린 나무 가지를 흔드는 심심한 바람

저녁 한때
들꿩이 한적하다
숲에서는 숲이 되어
푸른 이내로 깊어가는
물소리가 되지
밤의 고요 속에
별빛 따라 가만 가만
풀잎에 오르는 달팽이와
하나인 듯 모두가
각각인 듯 하나로
숲의 연주를 합주하지

고향이 그립다

나무는 끝없이
저렇게 꼿꼿이 서서
어디를 바라보고 있는 것일까

노을이 타는 저녁에
매미는 왜 저렇게
목이 쉬도록 노래를 부르는 것일까

바다는 바람도 없는데
저렇게 끝도 없이
출렁거리며 있는 것일까

나무처럼 떠난 적도 없는데
구름이 심심한 하늘에
나는 왜 자꾸 눈물이 나려는 걸까

제5부

작은 다리가 있었지

노을 빚기

노을이
저리 곱다 하오시니

노을 한 채
빚어드리리라 합니다

손 모아
쌓아도
쌓아도
하늘엔 닿지 않고

한 땀
한 땀

비단에 고운 색실로
채색 옷도 곱게

노을 한 채
빚어드리리라 합니다

다리

작은 다리가 있었지.
물이 흐르지 않는 마른 개천에
통나무 두 개로 놓인 다리
누가 놓았는지, 숲을 잇는
노루의 길에 다리가 있었지
네게로, 내게로
눈빛으로 오가던
몸의 이야기로 오가던
영혼으로 더 깊어지고 싶은 다리
때로는 말 한마디로 끊기고
생각만으로도 끊기는 연약한 다리
이쪽으로, 저쪽으로
고집 센 아이들처럼 제 길로 떠나고
어머니가 건너가시고 다리 끝에서
나는 얼마나 울었는지, 그 후로
자꾸 끊겼지, 거품 같았지
오월 장마, 장대비 쏟아질 때
빗줄기 끝에 비눗방울 동동 떠가다가

폴싹폴싹 꺼지는 거품 같았지

어릴 적 헤다가, 헤다가 잠이 들곤 하였지

작은 다리가 있었지

마른 개천에 통나무로 놓인 다리

우리 누이 돌아보며 돌아보며 건너간 다리

건너가고는 영영 돌아오지 않는 다리

어느 날 얼싸안고 엉엉 울고 싶은 다리

균형 잡기

늘 흔들렸지요
'중심을 잡는 게 중요하다'고
사람마다 그렇게 말했지요
그럴수록 더욱 흔들렸어요
'집착의 무게 때문'이라고
'마음에 추를 달아야 한다'고
어떤 이가 친절하게 말했지요
왼쪽이 무거우면 오른쪽에
오른쪽이 무거우면 왼쪽에
번갈아 추를 달았지만
자꾸 한쪽으로 기울었지요
늘 절뚝이며 걸어왔지요
'아예 마음을 떼어버려라'
오래전 어느 현자가 말했지요
산을 오르기를 이십여 년
새벽 산정에 무한 허공을 숨 쉬면서
'아, 그것은 허공이 되는 것'이라고
그걸 깨닫는 데 나를 다 소진하였지요

머리도 눈썹도 하얗게 세었지요
어느 날, 공터 나무 그늘에 무심히
새소리 재재거리고 있었지요
시소를 타는 아이들이 깔깔거리고 있었지요
몸이 작은 아이와 몸이 큰 아이가
한쪽엔 둘 다른 쪽엔 한 아이가
하늘을 오르락내리락 하는 거였어요
"나에게도 날개를 주세요"
하였더니, 하나님께서는
"네가 죽을 때 달아줄게"라는 거예요
"감사합니다" 그랬지요

그리하여

그리하여 오늘은
나의 운명, 눈빛을 마주하여
어제를 보내고 쓸쓸한 오늘
한 편의 시를 읽으며 내일 또
오늘을 기다리기로 하였습니다

그리하여 내일은
영영 오지 않는 꿈
날마다 잊히면서
그리움마저 무너지고
버티던 날들의 허무한 노래

그리하여 나는
아무도 낭송하지 않는 시
길가에 지는 꽃잎에 비가 내리고
가슴에 남은 그리움으로
천상병의 노을이나 새기다가

그리하여

바람 좋은 날

기억의 먼지라도 없는 날

고향 길에 하얀 민들레를 날리며

당신의 시 한 편을 탈고하리라 하오니

바다 건너기

여섯 살 적 장궁물*에 텀벙대다가
초등 1년에 드릿물*에 풍덩거리다가
소년은 동개로 나가 헤엄을 배우고
선창 끝으로 헤엄쳐가더니, 청년은
방파제 너머로 수평선을 바라보았다

그리움은 나무처럼 서서
별빛으로 꿈을 꾸고
바람은 게으른 방관자
수평선은
저어갈수록 멀어지네

오늘도 방파제 끝에 나가 앉아
먼 수평선을 바라보느니
별빛이 내리는 바다에
그리움은 수평선 너머로 너울지고
잠시 쉬어갈 섬 하나 없이

걸음걸음 노를 젓는 바다 건너기

* 장궁물 : 여름에 남자들이 목욕하는 샘. 원래 이름은 '장군물'. 옛
  날 애월진을 지키던 장군이 목욕했다고 전해옴.
* 드릿물 : 여인들이 배추 씻고 빨래하는 얕은 물. 다리 아래 있음.

저만치

고내오름 새벽 산정에
바닷바람이 비릿하다

저만치
남녘으로 유순한 무덤들
원망도 미움도 벗어놓고
어제 이사 온 이웃의 이야기로
날이 새는 줄을 모른다

저만치
산 아래 바닷가에 붙박인
조개껍질 같은 삶은 고달파도
하늘보다 많은 별들이 깜박인다

저만치
통통배 밤샘 조업에
통 통 통 통

만성피로를 신고 온다

저만치
도두봉* 너머로
어둠을 밀어내는 붉은 해
한 아름 애드벌룬을 띄운다

* 도두봉 : 제주시 도두 바다에 인접한 오름

한없이 궁해질 때

때로
사는 게 뭐냐 싶을 때
내가 한없이 궁해진다

한때 어린이집 원장일 때
"똘이는 자라서 뭐 하고 싶어?"
"대통령이요!" 대뜸
다섯 살박이가 서슴없이 말할 때
저 어린것에게 무슨 말을 하랴, 싶을 때
내가 한없이 부끄러워진다

내가 중학교 교사일 때
신학기 초 중1 아이들에게
"너희들, 뭐 하러 죽자고 공부하냐?" 했더니
수석으로 입학한 학급실장이 서슴없이
"돈을 많이 벌려고요"한다
이유인즉 돈이면 안 되는 게 없단다
'그것 참!' 하고 말을 잃었는데

내가 한없이 궁해진다

아픔도, 슬픔도 마중물이면
못 견딜 일이 무엇이랴 싶은데
"인생에 어떤 의미를 부여하지 마!"
어느 철인처럼 치부하면 그만일까
내가 벌레만 같아 참 궁해진다

눈물이 있고, 뜨거운 가슴이 있어
누구를 사랑한다면 그냥 아름다운 것
저 들판 햇빛 쏟아지는 트럼펫 금빛 연주에
옷을 훌훌 벗고 풀잎처럼 춤추고 싶다

방귀타령

개성 시대에 방귀라고
개성이 없겠느냐, 는 것이다
코로나 덕분에 방콕하여서 유튜브로 음악을 듣는데
베토벤의 〈운명〉에서, 주연미의 〈봄날은 간다〉까지 섭
렵하면서
거기에 덩달아 몸이 춤을 추면서 뒤로도 연주를 한다
하루에 좋이 100번에서 하나를 빼면 내 방귀가 섭섭할
것이다
어떤 이는 코부터 막겠지만 그럴 거 없다
소통이 안 되면 죽을 일밖에 더 있겠나
의자에 앉아 짓누르고 있으면 저도 못 견디는지
'빠지직—' 좁은 틈새를 비집으며 죽자고 맥을 쓴다
그게 안쓰러워서 한쪽을 살포시 들어주면
'뿌웅—' 고맙다고 미소 짓는다
때로는 남사스런 맘에 참다가도 에라, 죽을힘으로 확 열
어주면
'빵—' 이제야 살 것 같다고, 뻥튀기를 한다
속이 안 좋을 때면 저도 미안한지 피시식— 하고 만다

혼자 걸을 때면 심심하다고 '툴툴툴툴─' 거리거나
'북 북 북 북─' 발맞추어 구령을 붙인다
세상 어떤 악기보다 관이 길어 신묘한 악기
피리에서 튜바까지 소리도 향기도
다양하게 그때마다 색다른 존재감을 나타낸다
그럴 때면 '미친놈!' 하고 미친놈처럼 혼자 웃다가
혹 누가 안 보나 두리번거린다
나이 팔십 넘도록 딴엔 사람답게 사노라 애써왔는데,
아무래도 내 오장이 다 썩어서 고린내가 나나 보다
그 세월 방귀 하나 다스리지 못하고 살지만 그래도
심술을 부리지 않고 쑥─ 쑥─ 빠져주니 고맙기만 하다

저녁 한때

해를 삼킨 바다는 보아뱀의 눈처럼 이글거리고
기다려줄 만큼 서서히 번져가는
어둠, 그 은근한 예의 바른 초대에
풍경으로 앉아 저무는 것도 좋을 일
불청객 바람은 젓가락도 없이 꺼덕꺼덕
흔들의자를 흔들어대며 조르고
심심하던 어린 매화는 킬킬거리고
한여름 무화과 넓은 잎은
잘 익은 향기를 부채질하는데
배부르게 잘 먹은 동박새 가족은
인사도 없이 하르르 떠나고
직박구리 부부도 후루루 떠나고
들꿩소리 번져가는 적막
바람도 서둘러 떠나고 나면
어둠보다 더 짙게 드리우는 그리움
하늘 끝으로 작은 새의 여운이 길다

끝없는 연주

숲을 걸으며
나는 고요한 청취자
새들의 노래에 귀를 열고
들국화 향기에 손을 흔들고
바람의 노래를 따라가며
그 더욱 하늘의 연주를 듣는다

듣는 것은
마음을 여는 것, 그리고
손을 잡는 것, 그리고
함께 연주를 하는 것이다

산과 바다를 걸으며
나는 고요한 청취자
퉁퉁거리는 삶의 노래와
숨을 멈추고 부르는
침묵의 노래를 듣는다

부서져 빛나는 윤슬

오월 고내오름에서는
새벽부터 봄의 팡파르를 울린다
흐드러진 산벚나무의 노래와
개망초 인동초 민들레 제비꽃
자잘한 수다가 왁자하게 피어난다
"호호호 호르르 호잇—"
씩—씩— 불어대는 휘파람새의 휘파람과
구구대는 멧비둘기와 화려한 장끼
뗵뗵거리는 때까치와 웱—웱— 내달리는 노루
봄의 소리들은 온 산에 쿵쿵거리고
고내오름은 채신머리없이 큰 엉덩이를 들썩거린다

고내오름 정상에 서면
시야 가득 하늘과 바다를 열고
그 한없음이 넘실넘실 넘칠 때
바다의 정령들은 백마를 타고
하얗게 소리치며 달려온다
드디어 하늘과 바다를 태우며

쏘아대는 금빛 화살

낱낱의 세포마다 꽃일 때

나는 부서져서 빛나는 윤슬

색소폰의 연주가 유량하다

풍란

오다가다 너와 나
눈 한 번 마주쳤다고
오다가다 되는 일일까
저 돌멩이의 기천 년
한라계곡 폭포 터져 내릴 때
천만번을 굴러오면서
말 한 마디, 미소 한 줌
뉘게 건넨 적 있었으랴
독하게 속내 감추고
이끼 낀 세월에
어느 날 풍란 한 촉
나비처럼 살포시 내려앉을 때
어이없고 황당하였을 터
정 한 푼 없는 돌멩이
사막여우처럼 목이 마르는
서로 다름을 질기게 견디어내는 것
드디어 하얀 나비 어여삐 내려앉으니
온몸으로 빚은 그윽한 향기
가마 타고 울며 가던 누나의 향기

제6부

그 자리에 굳건하다

붉은 꽃

다만 너는
나의 기쁨

감추어둔 첫 이름
몰래 웃었지

다만 너는
나의 비애

인적 없는 들길에
혼자 부르는 노래

다만 너는
나만의 고독

안개 낀 바다에
쓸쓸한 무적

네 붉음을 다하여
피는 꽃

북극성
— 희망 제주 15주년 축시

북극성이면 샛별처럼
찬란히 빛나리라 하였는데
자칫 모르고 지나칠 뻔하였다
어느 크신 이가 그에게 그런
위대한 소명을 주었는지, 그는
433광년이나 먼 길을 걸어와서
길 잃은 자들의 길이 되었다
아무도 눈여기지 않아도
그 자리에 굳건하고
그 자리에 영원하다

생각하여보라
들메끈을 조여매고 사람들은
동서남북으로 길을 재촉하여 떠나는데
가장 높이 서서
외로운 파수꾼
새벽을 서둘러 떠나는 자와
지쳐서 돌아오는 자의

고달픈 발등을 비추고 있다

오리온이나 카시오페이아처럼

화려한 이야기도, 아름다운 이름도 없이

달빛에 가려 빛마저 바랜 빈자(貧者)

다만 소명의 확고한 신념으로

잠들지 못한 밤을 지키고 있다

파수꾼은 고독하다

누구도 그를 대신할 수 없기에

어둠이 깊을수록 더욱 치열하게

누구보다 더 많이 생각하고

누구보다 더 많이 고뇌하면서

그의 새벽을 지켜야 한다

그는 소명을 다하는 것으로

자신을 사랑하는 것이다

언젠가 최후의 진술을 하여야 한다는 것을

그는 잘 알고 있다

내 사랑 나의 강산
— 지구를 들다

물구나무서서
지구를 번쩍 들었더니
깜짝 놀라 깨어나는 나의 사랑
거꾸로 보는 세상은 신비롭다

사람이 무거워
헉헉대는 지구
나의 작은 배려에
잠시 숨을 고르고 가겠노라 한다

눈웃음을 보내자
실개천은 깔깔거리고
가벼운 목례에도
"저요, 저요!"
새들은 다투어 노래한다

때로

거꾸로 보아도 좋을 일

산정에 물구나무서서
땅에다 입맞춤하였더니
나의 사랑, 나의 강산
다시 꽃을 피우겠노라고
그 육중한 몸을 꼬며
살짝 볼을 붉힌다

선(線)

하늘과 땅은 엄연하고
에덴의 약속은 복원할 길 없는지
천년왕국을 꿈꾸는 탐욕은
지상에 선의 계율을 창제하였는가

'너와 나'
'안과 밖'을 구분하고
위대한 잣대의
절대 의지와 능력으로
미로의 복선을 깔아놓고
선의 신도들은
비선 탈선으로 달리고 있다

처음 유혹을 키스하더니
부끄러움은 아예
신화의 숲속에 벗어던졌다
하늘과 땅, 바닷속에도
거미줄을 치고, 선은

절대자의 자리에 등극하였는가

나는
카메라에 노출된 흰쥐
신념도 사랑도
낱낱이 사정되어
거대한 모니터에 빨가벗고 있다

뒹굴뒹굴 살찌운 비대한 선은
시력을 잃은 거식증의 불가사리
지상의 모든 선을 먹어치우더니
마지막 남은 블랙홀을 바라보고 있나

어느 탈북자의 죽음

CNN 방송의 짧은 두 문장
"그녀는 북한에서 탈출했다"
"그리고 서울에서 굶어죽었다"
죽은 지 두 달이 된 두 모자는
냉장고에 고춧가루를 조금 남기고 갔다

한가위를 잘 지내고
아이들은 서울로 가고
뱃속 기름을 빼려고 트림하며
고내오름을 오르면서

나의 이 작은 행복은
저 눈먼 죽음이 담보하였는가
비정한 도시, 나는
이 거리를 떠나야 하는가

거리는 거리가 아니다
자로 잰 거리

마음으로 잰 거리
그녀에겐 아예 없는 거리였다

(조금만 기다리면
며칠 밤만 더 새우면
만나러 갈게 데리러 갈게)
방탄소년단의
〈봄날〉은 흐르는데……

안개 속의 북소리
— 주술 7

낡고 질긴 그림자가
장막 뒤에서 어른거린다

옛 동대문시장의 야바위꾼은
컵 세 개를 빙빙 돌리면서
어린 혼을 빼앗고는 순식간에
품에 간직하여두었던 두 달 치 품삯을 털어갔지
그 후 어디선가 주문 외는 환청을 듣는다

짙은 안개 속에 둥 둥 둥 둥
보이지 않는 북소리가 들려오는데
촛불은 느닷없이 돌멩이가 되어
눈이 붉은 돌멩이들이
우르르, 우르르 범람하여 흐른다

조커의 웃음 뒤에서
진리는 지하에서 교살되고
정의가 된 주체사상의 교조주의자여

너는 촛불의 땀을 흘려보았느냐
더욱 촛불의 눈물을 흘려보았느냐
남의 등으로 내를 건너는 자여

진실은 두 벌 옷이 없어
오, 우리는 그 한 벌의 옷으로
사악한 꽃밭을 걸어가야 한다
요언(妖言)의 미로에서는
눈을 감아야 한다
눈을 감아야 보인다

거룩한 분노
— 주술 6

작은 빛, 촛불이여,
네 앞에 나는
한없이 작고 부끄럽구나

촛불이 흐르는 거리 어디서
짤랑짤랑 방울을 흔들며
음습한 목소리가 들린다

'사탄은 증오를 낳고……'

벌떼처럼 춤을 추는 촛불
그 탁류의 범람 속으로
나는 없고, 아무도 없다
다만 휩쓸리어 흐르는 맹목

촛불이 흐르는 어디서
둥강 둥강 무당의 굿 소리

'증오는 증오의 손자를 낳고……'

소용돌이치는 태풍의 눈
바람 한 점 들지 않는 밀실에서
미소를 흘리는 실루엣이여!

무도한 강간으로 동강 난
아, 부끄러운 우리 어머니,
이제 팔다리 각을 떠서
사탄의 제단에 번제를 드리려 하는가!
그적 붉은 쓰나미, 은밀히 벼려온 70년
최후의 휘슬의 순간을 기다리는가

거룩한 분노* 고요히
땅속 깊은 불길로 끓고 있나니
겨레의 성산에 천 길 높이로 치솟아
동방의 밝은 빛* 강산을 밝히리니
그날을 위하여

나를 닫고 손을 모아

외로운 촛불을 밝히느니

* 거룩한 분노 : 변영로의 시 「논개」에서.
* 동방의 밝은 빛 : 타고르의 시에서.

누가 돌을 던지나

"쨍그랑?!"

온몸에 꽂히는 비명

핏방울이 사방으로 튀고

내가 산산조각이 난다

사월의 광장에

햇빛 쏟아지는 사월의 광장에

다시는 미친 소가 날뛰지 않기를

쇠뿔에 받혀 찢긴 생살들

연두색 고운 합창이 울려 퍼지기를……

벚꽃이 흐드러진 거리

아픈 사월의 광장에 더는

세월호 유령선이 유리하지 않기를

해류가 멈춘 심해에 수장되기를

그러나 영영 잊히지 않기를……

"엄마! 사랑해!" 어쩌랴

잔인한 물속에서 피어난

붉은 꽃 카네이션이여!

너로 내 사랑은 문드러지고

사월의 가슴에 돌비를 세우나니

영원한 치유의 꽃으로 피어나기를……

자유와 평등, 민족의 자존을

피로 지켜온 사월의 광장에

누가 조국, 조국 하는가

"아, 대한민국!"
배고픈 우리 아버지, 우리 어머니
맨발로, 등짐으로 지고 온 나라
누대의 피로 형형하게 흐르는
우리 오천 년의 강물이여!
사월의 광장에 축복으로 흩날리는
하늘 우러러 꽃비에 젖고 있노라

가을 햇살

우리 집 땡감나무
훌러덩 치마를 걷어 올리더니
여름내 치마폭에 감췄던 홍시
있는 대로 다 널어놓고
"싸구려! 싸구려!"
오일장 파장 떨이가 헐하다

들길에서 만난 여뀌
툭, 건드리니
"누구세요!"
얼른 문을 열고는
통통 튀어나온다

투정하던 떫은 세월
어머니의 손길로
낱낱을 헤집고 뒤채시며
고루고루 숙성시키시고

그런 날 밤
별들은 아들 손자 손 잡고 나와
두런두런 옛이야기가 끝이 없다

하늘을 닦다

하늘이 누렇다
사람 사는 일이 그 실 하늘을 닦는 일이라는데
하늘이 누렇다
저 뿌연 미세먼지가 하늘을 가리고 내릴 때, 누굴까
인간의 가장 연약한 부분을 부추기며 미소 짓는 자는

어렸을 때
웃으면 웃어주고, 울면 울어주던
너와 나, 서로를 비추던 거울이었는데
죽은 대지 위에 세운 도시
본능과 욕망이 번뜩이는 거리에
불도저의 굉음은 밤낮을 쿵쿵거리고
우르르 산이 잘리고 계곡이 메워지고
갈 곳 없는 멧돼지 떼가
우리와 같이 살겠다고 떼를 쓴다

들판에 서면 아득히 억새의 바다
바람이 불어가는 끝으로

하얀 물결 너울지며 하늘을 닦고 있다

새벽빛에 산을 오르노라면

밤벌레들 밤을 새우며 하늘을 닦고 있다

아직, 그대의 수줍은 미소와

그대의 맑은 눈에 이슬이 빛나고 있다

산 그림자 지는 호수에 별빛이 내려오고

돌고래 솟구치는 바다에 날치 떼가 날고 있다

푸르고 푸른 노래를 아직 잊지 않고 있다

무성한 입

그것은 어둠이 무성한 동굴
마른 바람은 끝없이 불어오고

그것은 무성한 입, 위장된 땅굴
계절풍은 끝없이 불어오고

숲은 시들고, 풀밭은 메말라
땅에 구르는 죽은 정의여!

한 번도 경험해보지 못한 그 빈터에
동물농장을 지으려는가, 나폴레옹이여!

그때 바벨론의 강가에 앉아
울어야 하는가, 우리는

작품 해설

별빛 좇아 무한고독을 건너는 새의
하늘빛 파란 노래

홍 기 돈 | 문학평론가, 가톨릭대 교수

1. 천상에서 지상으로 유배된 시인

김종호는 여섯 번째 시집 『잃어버린 신발』에서 수직적 소통을 갈망하고 있다. 수직적 소통을 갈망한다는 것은 천상계와 지상계의 괴리를 그만큼 절박하게 인식하고 있다는 의미겠다. 천상계의 별이 나침반인 양 제시된다든가, 구름 너머에서 빛을 발하는 면모로 부각되는 까닭은 이로써 빚어졌다. 가령 「북극성」은 "433광년이나 먼 길을 걸어와서/길 잃은 자들의 길"로 자리 잡았으며, 「선택」이 요구되는 매 순간 "내밀한 묵시로 길을" 제시하듯이 별들은 "집으로 가는 하늘에 천만 송이 장미꽃"으로 피어 있다. 의지할 「지팡이」도 없이 시인이 "들개처럼 두리번거리며 들판을 떠돌 때에도" 여전히 "별은 구름 뒤에서 반짝이고" 있었고, 인격을 차지할 때 그 별은 "혼돈의 먹구름 뒤에서/별빛 빛나시는 이"로 호명되기도 한다.(「이대로」)

별이 빛나는 까닭은 밤이 어둡기 때문이다. 나침반은 나아갈 방향을 갈피 잡지 못한 자의 손에 쥐어줘야 마땅하다. 그러니까 시인은 지상계 상황을 암담하게 인식하는 한편 스스로를 지상계에서 정처 없이 표류하는 처지로 파악하고 있다는 것이다. 김종호가 발 딛고 있는 이곳은 "외딴 잡목 숲속, 여기가 어딜까/캄캄한 무덤 속"일 따름이며(「나를 부르는 소리」), 생명력이 고갈된 "붉은 사막"은 죽음의 가치로 뒤덮인 '무덤'의 변주에 해당한다.(「바람의 길」) 어떠한 절박한 기원을 "손 모아/쌓아도/쌓아도/하늘엔 닿지" 못하는 형편이니 시인으로서는 '무덤 속'('붉은 사막')을 헤매는 것이 운명이라 하겠다.(「노을 빚기」 3연) 천상계에서 지상계로 유배된 존재로서의 절망은 이 가운데서 깊어진다. 천상계에 자리한 "까마득히 노래하는 독수리"와 대비될 때 자신의 삶은 "땅바닥에 눈을 박고/동전 한 닢 주우려고 살아온" 비루한 과정으로 폄하되며(「독수리 그리고」), 그는 그저 "무통주사를 맞고 잠이 든 자"이거나 "자각 증세 없이 날마다 죽어가는 자"에 불과하다.(「고통에 대하여」)

지상계에 유배된 존재는 어떻게 천상계의 가치를 끌어안을 수 있을까. 시집 『잃어버린 신발』은 그 방안을 찾아나간 고투의 흔적이다. 김종호가 근거하고 있는 기독교 세계관은 「선(線)의 "하늘과 땅은 엄연하고/에덴의 약속은 복원"되어야 한다는 구절에서 선명히 드러난다. 하나 하늘의 질서를 무시하는 지상계의 "천년왕국을 꿈꾸는 탐욕은/지상에 선의 계율을 창제"하기에 이르렀다. 시집 전체를 관통하는 천상계로부터 지상계가 괴리되었다는 인식은 이와 같은 세계관에서 말미암고 있다. 과거를 회상하는 시편들이라고 하여 이와 무관한 것은 아니다. 돌아갈 수 없는 유년의 기억 또한 유토피아 상실이라는 의식으로부터 그다지 멀리 떨어져 있지 않기 때문이다. "지금은 없는 나무"(「기억 속의 미루나무」), "건너가고는 영영 돌아오지 않는 다리/어느 날 얼싸안고 엉엉 울고 싶은 다리"(「다리」) 등과 같은 표현이 이를 보여준다.

따라서 『잃어버린 신발』 읽기는 우선 지상계에 유배된 시인이 천상계와의 교통 가능성을 어떻게 확보해 나가는가를 살펴보는 작업이 되어야 하겠다. 이어서 시 창작이 이러한 작업에서 차지하는 의미를 정리하고, 끝으로 표제작 「잃어버린 신발」을 중심으로 하여 과거 회상의 시편들을 분석해볼 것이다.

2. 십자가를 따라 하강하는 천상계의 별들

기독교 세계관에 입각해 있는 만큼 『잃어버린 신발』에서 십자가의 의미는 각별하다. 수평축으로 가로누운 지상계를 온몸으로 떠메고 수직축의 끝에 놓인 천상계로 올라서고자 했던데 예수의 희생이 자리하지 않는가. 오리무중 배들이 제 갈 길을 찾지 못하는 와중에 안개를 뚫고 울리는 「무적」은 구름 뒤에서 빛나는 별과 다를 바 없다. "이천 년이 지나도록/첨탑 끝에서 피를 흘리시는/그때 그 무적/지금도 울고 있다"(3연) 그러니까 앞서 언급하였던 '천상계의 별'='지상계의 무적(霧笛)'이며, '지상계의 무적'='첨탑 끝 십자가에 매달린 예수'라는 등식이 성립한다는 것이다. 「고통에 대하여」에도 십자가가 등장한다. "죽음의 질곡 사이로 보이는 좁다란 하늘에/당신의 십자가, 가장 큰 고통으로/가장 큰 사랑의 길을 여시는 이여". 천상계로 상승하기 위해서는 '가장 큰 고통', '가장 큰 사랑'으로 열린 예수의 길을 따라야 한다는 것이다. 십자가가 나타나지는 않으나, 기독교 세계관으로 묶을 수 있다는 점에서 「지팡이」 또한 한데 이야기할 수 있다. "이스라엘은 모세의 지팡이로/홍해를 걸어서 약속의 땅으로 갔다". '모세의 지팡이'는 "검은 숲 너머로 푸르게 일어서는" "샛별"과 등가를 이루며 나아갈 방향을 제시하는 기능을 수행하고 있다.

십자가·무적·모세의 지팡이로 치환할 수 있듯이, 천상계의 별은 지상계로 강림할 수 있다. 구름에 가려진 순간이 있을지라도 별은 언제나 반짝이고 있었다고 하였으니, 또한 십자가는 예수의 죽음 이후에도 내내 피에 젖어 있었으니, 영원성을 본질로 하는 그 세계는 우리가 발 딛고 있는 불완전한 지상계를 늘 감싸고 있다고 이해해야 온당하겠다. 시인이 천상계와 지상계가 교통하는 순간에 이르기 위하여 감내하고 있는 정결한 기다림은 「촛불 1」에 나타난다. 제 자신의 물질성을 녹이면서 마침내 천상계로 가볍게 날아오르는 촛불은 시인 자신을 표상한다. "바람 소리 내달리고/별빛이 흔들립니다." 지상계의 완강한 질서가 바람의 출처일 터이고, 시인은 그로부터 자유롭지 못한 존재이므로 별빛에 조응하는 지상계의 촛불이 흔들리는 것일 테다. 흔들린다고 하였으나 시인의 의지가 얼마나 완강한지는 「소망」에서 확인할 수 있다. "깨진 무르팍으로/안개 속을 걸어도/가야 할 길을 안다". 이러한 도정에서 발견되는 것이 하강하는 천상계의 이미지다.

「소망」 제4연은 다음과 같다. "어여뻐라/꽃이 진 마음에 들는 빗소리는/눈물겨워라/벌레 먹은 나뭇잎에 내리는 햇살은/고마우셔라/가난한 문을 두드리는 음성은". 하늘에서 쏟아지는 빗줄기·햇살은 구원의 단초이며, 이들은 유한하고 연약한 존재를 감싸고 있다. 천상계는 그렇게 하강하는 것이다.「오노라」에서도 하강 이미지는 뚜렷하다. "눈물로 방울방울/땅으로 녹아내리는 별/봄이 되면 양지바른 들녘에/오종종 꽃이 피어 반짝인다죠". 하강한 별빛은 봄날의 꽃으로 반짝이다가 다시 눈빛으로 전환되기도 한다. "눈빛이 별처럼 반짝이는 건 … (중략)… 꽃을 만났다는 증거예요". 꽃에서 눈빛으로의 전환은 수평축에서의 영향 관계를 암시한다.「눈물길 2」의 경우에는 천상계의 별이 지상계의 가장 낮은 곳으로까지 깊게 내려앉아 온전히 하나가 된 면모이다. "바위의 가슴에도/눈물길이 있어//새들의 갈증으로/똑, 똑, 떨어지는 물방울 // …(중략)… 절망의 틈새를 열고/가슴에서 가슴으로 흘러//글썽이는 별빛 따라/우리 바다로 간다". 아마도 석간수를 보고 썼을 터인데, 굳건한 이미지의 바위에까지 미치는 천상계의 원리[理致]를 물 이미지로 제시하는 착상이 흥미롭다.

모든 사람이 지상계로 하강하는 천상계의 면모를 읽어내는 것은 아니다. '천년왕국을 꿈꾸는 탐욕'에 사로잡힌 세속인으로서는 천상계의 가치가 도저히 납득되지 않을 터이기 때문이다. 불완전하고 유한한 삶을 완전하고 영원한 세계 위에 겹쳐놓을 수 있는 자만이 천상계의 하강을 바라볼 수 있다. 그래서 시인은 "하늘의 별들의 반짝임이 가슴에서 반짝이느니"라고 자신의 내면에 품고 있는 별을 말하고 있다.(「선택」) 그러면서 동시에 "반짝이는 찰나/슬퍼서" 아름다운 지상계의 풍경을 노래하기도 한다.(「반짝이는 것들」) 이렇게 찰나에 반짝거리는 것들을 제 안으로 끌어안을 수 있었기에 지상계로 유배된 김종호는 그 운명을 힘겹게나마 감당할 수 있었을 것이다.

3. 천상계와 조응하는 지상계의 숲

천상계와 지상계의 조응 관계를 형식의 완결성으로까지 밀고 나가지는 않았으나, 천상계와 지상계의 일치를 지향한다는 점에서 김종호는 낭만주의로 경사해 있다. 또한 낭만주의자들이 자연에서 천상계의 면모를 찾아내고자 했던 것처럼, 김종호 역시 지상계의 숲을 매개로 천상계의 흔적을 확보하고자 한다. "새벽 숲에서는/거대한 바퀴를 굴려 가는/신비한 숨소리가 들린다". 어째서 하필 숲인가. 나무는 수직의 방향으로 치솟아 있으며, 만물을 품어 어둠에서 밝음으로 전회(轉回)할 운동성을 내장하고 있기 때문이다. "나무들은 어둠을 뚫고 빽빽하게 숨찬 하늘로/오로지 그 한 가지로 서 있고/새들은 침묵 속에 새벽의 묵시를 묵상하며/일시에 날아오르려는 순간을 기다리고 있다/온밤을 벌레들은 검은 구름의 노래를 목이 쉬도록 부르고/세상의 방관자 바람은 나뭇가지를 흔들면서 서두르고 있다".(「새벽 숲을 굴려 가는 바퀴」) 그러니 "숲속 빽빽한 나무 사이에서/ …(중략)… 새소리 아득한 고요한 시간에/섬광처럼 나를 깨우고 사라지는 눈빛"은 천상계의 별빛에 조응한다고 정리해도 무방할 것이다.(「어떤 눈빛」)

「새벽 숲을 굴려 가는 바퀴」와 「어떤 눈빛」에서 드러나는 이와 같은 인식은 「고향이 그립다」, 「끝없는 연주」, 「숲에서 3」 등에서도 반복되는 양상이다. 「고향이 그립다」에서 "나무는 끝없이/저렇게 꼿꼿이 서서/어디를 바라보고 있는 것일까"라고 물을 때 부각되는 것은 나무의 수직성이며, "숲을 걸으며" 들어야 한다는 "하늘의 연주"는 숲＝하늘이라는 등식 위에서 비로소 가능해지기 때문에 '천상계의 별빛'＝'섬광과도 같은 눈빛'＝'하늘의 연주'인 것이다.(「끝없는 연주」) 그리고 「숲에서 3」에서 전면화된 숲의 면모는 '하늘의 연주'의 세목에 해당한다. "숲에서는/보이지 않는 것들이 보이지/어디서 귀 맑은 물소리와/해 질 녘, 숲의 오솔길로 사라지는 땅거미/은사시나무의 속삭임은 가늘게 떨리고/어린 나무 가지를 흔드는 심심한 바람". 천상계에 조응하는 숲은 연못으로 변주되기도 한다. "하가 연못"을 "햇살은 멸치 떼처럼 파닥이고/태곳적 숨을 쉬는 연못"이라고 진술할 때, 물 표면의 저 반짝임은 영원성과 맞닿은 존재의 유한성을 환기시키는 한편 '태고(太古)'를 품은 깊이는 천상계의 깊이에 대응하고 있는 것이다. 물론 연못에 걸린 "연등"(연꽃)은 무한한 깊이 가운데 피어나는, 그리고 그 안에서 지고 말 유한한 존재의 속성을 담지하고 있다.(「연꽃 2」)

이즈음에서 지상계와 천상계의 조응 면모를 찾아 나선 작업이 가지는 의미에 대하여 물을 수 있겠다. 이는 김종호에게서 시 창작이 차지하는 의미를 살피는 일이기도 하다. 시집 『잃어버린 신발』을 통틀어서 이에 대한 답변 마련에 가장 유효한 작품은 아마도 「새소리 9」일 터이다. 천상계와 지상계를 매개하는 "새"는 시인을 표상하며, 새가 부르는 "노래"는 시인의 시 창작에 대응하고 있기 때문이다. 시를 써 나가는 동안 그 자

신이 천상계와 지상계를 교통해 나가는 자리로 떠올라 있다는
점에서 이 시는 주목을 요한다.

하늘을 건너는 새들은
쉬지 않고 날개를 파닥이지
하늘엔 거짓이란 없지
별빛으로 눈을 닦고
새벽이슬로 가슴을 닦고
무한 고독을 건너려는 새들은
노래를 부르며 부르며 날아가지
노래를 잃으면 길도 잃고 말지

사람들은 지름길을 찾지
곧잘 거짓에 몸을 숨기지
미심쩍은 사람들은 기록을 뒤지지만
떨리는 손으로 기록한 역사는
고장 난 레코드, 제자리를 맴돌고 있지
잃어버린 본성이 그리운 사람들은
바벨론의 강가에 울면서 시온을 노래하지*
내 안에 길을 두고 산 너머로 떠나지
돌아갈 길을 모르고 한탄하며 그리워하지
예술은 더욱 그리워지려는 것, 그래서
과장된 위장술로 위로 받으려 하지

새들의 날개는 자유롭고
하늘을 건너려는 새들은 노래를 부르지

새들의 노래는 하늘처럼 파랗지

—「새소리 9」전문

　이 시에는『잃어버린 신발』의 여러 양상이 종합적으로 펼쳐져 있다. '거짓 없는 하늘' vs '거짓에 몸을 숨기는 (지상계의)사람들'이라는 대조(괴리)가 전체 구도를 형성하고 있으며, 지상에서의 소란스럽고 번잡한 변화는 "고장난 레코드"인 양 "제자리를 맴돌고" 있는 시끄러운 반복에 불과하다. 시인은 그 가운데서 '거짓 없는 하늘'을 그리워하는 이로 자리 잡았다. 여기서 먼저 김종호가 취하고 있는 시 창작의 의미가 확인된다. "예술은 더욱 그리워지려는 것, 그래서/과장된 위장술로 위로받으려" 하는 것. 위로라고 하였지만, 자신의 삶을 시의 세계(예술)에 뿌리 내리고 있으므로 그 위로가 한낱 감상 치유 수준에 머무르지는 않는다. 시 창작이 수신(修身)의 일환으로 올라서 있다는 말이다. 이는 자신의 삶의 태도를 표방한 "별빛으로 눈을 닦고/새벽이슬로 가슴을 닦고/무한 고독을 건너려는 새"의 모습 가운데서 확인할 수 있다. 스스로를 정결하게 세우고 '가난한 문을 두드리는 음성'을 기다리던 「촛불 1」, 「소망」의 면모가 여기에 겹쳐진다.

　"새들의 날개는 자유롭고/하늘을 건너려는 새들은 노래를 부르지/새들의 노래는 하늘처럼 파랗지". 인간이 축조하여 무너져 내리고 말 "바벨론"을 벗어나 죄 없는 영역인 "시온"으로 건너가기 위해서는 '노래'(예술, 시)가 필요하다. 노래는 길을 찾는 데 요긴한 방편이자, 도구이다. 김종호에게 시작(詩作)이란 무슨 의미인가. 가볍게 비상하여 파란 하늘을 가로질러 나아가고자 하는 끊임없는 시도의 확인이다. 그러한 시도가 반복되는 가운데 그와 그의 시는 동시에 더불어서 하늘의 빛깔로 물들어가고 있을 게다.

4. 집으로 돌아가는 먼 길

시인은 "영화처럼 선명한 꿈"을 꾸었다고 했다. 「잃어버린 신발」에서의 구절이다. 그렇지만 이를 「잃어버린 신발」에만 한정되는 진술로 이해할 필요는 없다. 죽음을 예정하고 있는 유한자의 삶이란 어쩌면 한바탕 커다란 꿈꾸기에 불과할 수도 있기 때문이다. 일찍이 장자가 '호접몽(胡蝶夢)'으로써 이를 설파하지 않았던가. 제3부 시편들은 꿈의 편린들을 정리하고 있는 듯 느껴진다. 「고내오름 소쩍새」의 누나 이야기, 「정말 미안하다」의 자식 이야기 등도 있지만, 가장 큰 비중을 차지하는 것은 아내와 관련된 이야기다. 몇 편의 시에 드러나는 정보를 종합해보면, 간경화를 앓던 그의 아내는 혼수상태에 빠져 119로 세 번 실려 가기도 하는 등 5개월여 투병 생활을 하다가 임종에 이르렀다. 이제 곁에 없는 아내는 부재하는 형식으로 자신의 존재를 증명하고 있다. 이를테면 "방에서 거실로, 주방에서 텃밭으로/종일 빙빙 도는 텅 빈 허공"이 되어 시인으로 하여금 슬픔을 "꺽 – 꺽 – 역류"토록 하는 것이 아내의 부재/존재라는 것이다.(「텅 빈 허공」) "청소할 때도/세탁기를 돌려 빨래할 때도/텃밭에 쭈그려 상추를 딸 때도/내 손길이 닿는 데마다 그녀는 따라" 다닌다.(「아내가 그녀가 되었다」)

신발 잃는 꿈은 일반적으로 의지하는 사람과 헤어지게 되리라는 의미로 해석된다. "병원 1인실 반조명 불빛" 아래 "환자복을 수의처럼 걸치고 침대에" 자리한 아내가 시인의 꿈을 깨웠다고 하였으니, 아내가 투병 중일 때 「잃어버린 신발」은 창작되었다. "짜르르 — 오한이 전류처럼" 동반하는 꿈은 하나의 계시로 펼쳐졌던 셈이다. "빨리 집으로 가야만 하는데" "신발이 없다". 집에 '가다'와 '못 가다'(=신발이 없다)의 긴장은 '집 안의 아내'와 '집 바깥의 시인'이라는 의미망을 형성한다. 집에서는 아이들을 건사하고 있는 "일 년 사철 몸빼를 입고 사는 마누라"가 기다리고 있다. "쓴 데를 쓸고, 닦은 데를 닦으면서/여기저기 꿔다 쓴 돈을 헤아리며" 월급 받은 남편을 기다리고 있다. 그렇지만 시인은 바깥을 떠돌 따름이다. "익히 아는 듯 모두 낯선 얼굴들"과 더불어 "One 병(瓶) One 사라(さち)라, 허! 4개국 말이 아닌가" 무의미한 언어유희 섞인 술자리를 이어가는 것이다. 아직 반성이 없던 시절의 이야기다. "이러거나 저러거나 나는 나로서 최선인 거야/하나님이 나 외엔 나를 만들지 않으셨지" "모처럼 아이들의 과자도 한 봉지 사 들고/돼지고기도 뒤 근 사들고" 들어가 "오늘은 꼭/삼십 년을 간직해온 사랑을 고백해야지" 결심해봐도 이루지지 못한다. "아무리 뛰어도, 뛰어도 제자리/한 발자국도 앞으로 나가질 않는다/저기가 우리 집인데, 저기가 우리 집인데……".

　집으로 돌아가는 길도 그처럼 멀기만 하다. 천상계로의 비상과 성격이 다를지라도, 집으로의 귀환 여정 역시 험난하다는 것이다. 그런 점에서 아내 잃은 시인의 후회와 반성·회한은 "바벨론의 강가에 울면서 시온을 노래"하는 사람들과 어느 정도 닮아 있다. 철학자 김영민은 어느 글에서 다음과 같이 말한 바 있다. "날지 못하는 것은 운명이지만, 날아오르려 하지 않는 것은 타락이다." 초월을 지향하는 자는 유한자로서의 운명을 직시하면서도 항상 그에 맞서야 한다는 의미겠다. 그러니 부재함으로써 존재를 증명하는 아내와의 대면 지점이야말로 이제 김종호가 발을 딛고 날아올라야 할 도약대가 되어야 하겠다.

푸른시인선 023

잃어버린 신발

초판 1쇄 인쇄 · 2021년 7월 5일
초판 1쇄 발행 · 2021년 7월 10일

지은이 · 김종호
펴낸이 · 김화정
펴낸곳 · 푸른생각

편집 · 지순이 | 교정 · 김수란, 노현정 | 마케팅 · 한정규
등록 · 제2019-000161호
주소 · 서울시 마포구 토정로 222, 402호(신수동, 한국출판콘텐츠센터)
대표전화 · 031) 955-9111(2) | 팩시밀리 · 031) 955-9114
이메일 · prun21c@hanmail.net
홈페이지 · http://www.prun21c.com

ⓒ 김종호, 2021

ISBN 978-89-91918-93-1   03810
값 11,000원